AF502507

PHARAMOND,

TRAGEDIE.

*Par Monsieur de C****

A PARIS,
Chez PRAULT Fils, Quay de Conty, vis-à-vis la descente du Pont-Neuf, à la Charité.

M. DCC. XXXVI.

Avec Approbation & Privilege du Roy.

A MONSEIGNEUR
LE COMTE
DE SAINT-FLORENTIN;
MINISTRE
ET SECRETAIRE D'ÉTAT,
ET COMMANDEUR DES ORDRES DU ROY.

ONSEIGNEUR,

Vos bontez ont agréé mon respect & mon attachement ; mais je souffrois de ne pouvoir faire éclater ma reconnoissance par

un hommage public. LA TRAGEDIE DE PHARAMOND *m'en fournit une occasion bien précieuse; & tel que soit son succès, il remplit toute mon espérance, puisque Vous me permettez de la faire paroître sous vos auspices.*

Je pourrois m'acquitter envers un autre, en lui offrant dans un Epitre Dédicatoire, un tissu de louanges, peut-être peu méritées. Mais pour Vous, MONSEIGNEUR, il faut se taire sur vos vertus : on ne peut vous louer sans vous déplaire.

Comment après cela oserois-je Vous dire que le caractere de VINDORIX, *qui a mérité sur le Théatre quelques applaudissemens, que son amour pour son Roy, son zele pour la Patrie, sa probité exacte, sa fermeté inébranlable, son attachement à tous les interêts de l'Etat : Que tous les traits en un mot, que j'ai rassemblés pour tracer l'idée d'un excellent Ministre, ne sont point un tableau d'imagination; mais que c'est un portrait ressemblant, que j'ai voulu exposer aux yeux du Public.*

J'ai l'honneur d'être avec un très-profond respect,

MONSEIGNEUR,

Votre très-humble & très-obéïssant
Serviteur, C***

ACTEURS.

PHARAMOND, Roy des François.

VINDORIX, Miniftre & Favori du Roy.

MAXIME, Géneral des Romains, & Préteur de la Belgique.

ARMINIE, Captive, reconnue fille de Vindorix.

AMBIOMER, Chef des Gaulois de la Celtique.

SEGESTE, Gaulois attaché à Vindorix.

Suite de Francs, de Gaulois & de Romains vaincus.

La Scene eſt à Reims dans le Palais du Roy.

PHARAMOND,

TRAGEDIE.

ACTE PREMIER.

SCENE PREMIERE.

ARMINIE, AMBIOMER.

AMBIOMER.

Oui, je reviens dans Reims faire éclater ma joïe
Vers le Roy des François la Celtique m'envoïe.
J'amene des ſecours pour ſoutenir ſes droits.
La Cauſe de ce Prince eſt celle des Gaulois.

Il vient briser le joug d'un honteux esclavage.
Descendu de Francus, la Gaule est son partage;
Tout semble concourir à servir son dessein,
Nos cœurs, comme son bras, l'ont élû Souverain;
Et le Ciel est pour lui contre la tyrannie.
S'il connoît un Vainqueur, c'est vous, belle Arminie;
Et c'est avec transport qu'Ambiomer apprend
Que vos yeux ont soumis ce jeune Conquérant.
Sa Captive l'arrête, & l'enchaîne auprès d'elle.
Ce triomphe éclatant, cette gloire nouvelle;
Aux yeux de l'univers réparent vos malheurs.
Et la main d'un Héros doit essuïer vos pleurs.

ARMINIE.

C'est cette même gloire, à vos yeux si flateuse,
Qui comble sans retour ma destinée affreuse.

AMBIOMER.

D'un juste étonnement vous frappez mes esprits.

ARMINIE.

Ambiomer, doit-il en paroître surpris?
Il a connu mon cœur, ignore-t'il mes peines,
Lui, qui fut si long-tems compagnon de mes chaînes?
A-t'il donc oublié, depuis qu'il ne l'est plus
Que pour un autre objet mes sens sont prévenus?
Que les soins d'un Romain obtinrent mon estime;
Et que ma main est dûe à l'amour de Maxime?

AMBIOMER.

Vos destins ne sont plus asservis à sa loy.

ARMINIE.

En ai-je plus de droit de lui manquer de foy?

AMBIOMER.

Il est notre ennemi. Ce titre vous dégage.

ARMINIE.

Je n'en serois pas moins infidéle & volage.

AMBIOMER.

Dans un attachement par l'honneur combattu;
Notre infidélité devient une vertu;
Quand la raison s'oppose au feu qui nous anime;
L'amour est une erreur, & la constance un crime.
Suivons les sages mœurs des François généreux,
La gloire a seule droit de fixer tous leurs vœux.
Fidéles à leur Roy, plûtôt qu'à leur tendresse;
Constans dans leur devoir, & non dans leur foiblesse;

ARMINIE.

Donnez un plus beau nom au feu qui me retient.
L'estime l'a produit; la raison le soutient:
Maxime doit sur-tout vous être respectable.
Songez qu'à ses bontez vous êtes redevable,
Et que vos fers rompus sont un de ses bienfaits.

AMBIOMER.

Je dois ma liberté plûtôt à vos attraits,

En vain ſans votre appui, je l'aurois demandée,
C'eſt à vos ſeuls deſirs qu'elle fut accordée,
Et ma reconnoiſſance éclate en ces momens,
En oſant vous parler contre vos ſentimens.

ARMINIE.

Quels que ſoient vos diſcours, & quoiqu'on oſe dire,
Rien ne peut dans mon ame affoiblir ſon empire.
Tout me rappelle en lui la perte que je fais.
Et mon deſtin préſent augmente mes regrets,
L'himen alloit tous deux nous lier de ſa chaîne,
Quand Ceſar l'appella, pour ſe rendre à Ravene.
Il partit pénétré d'un noir preſſentiment,
Moi-même je frémis de ce retardement,
Il raſſura mes feux par l'adieu le plus tendre;
Et laiſſa dans ces murs Varus pour les défendre.
Vous n'étiez que trop vrais, préſages de ſon cœur!
Le Prince des François guidé par la valeur,
Comme un torrent fougueux, part des bords Germaniques,
Franchit le Rhin & fond dans les plaines Belgiques,
Abbat l'Aigle Romaine, en ſon rapide cours,
Paroît, aſſiege Reims, & le prend en deux jours:
Retour dur & cruel! Fatale deſtinée!
Qui dans de nouveaux fers plonge une infortunée,
Et ſi près de l'unir au plus grand des Romains,
Lui fait ſubir le joug des Francs & des Germains.

AMBIOMER.

Qu'entens-je ? Juste Ciel ! se peut-il qu'Arminie,
Regarde comme un mal le bien de sa patrie !
C'est pour nous affranchir d'un pouvoir étranger,
Que sous ses justes loix leur Chef vient nous ranger.
Sa conquête en ces lieux devient une justice :
Si vous devez gémir, c'est d'aimer un patrice.
Vous, Gauloise, brûler pour un de nos Tyrans,
Qui d'un supplice infâme ont flétri vos parens !
Avez-vous oublié leur barbarie extrême ?
A votre seul récit j'en ai frémi moi-même.
C'est peu, me disiez-vous, d'avoir subi par eux,
Dès mes plus jeunes ans, un esclavage affreux :
Les cruels de douleur ont fait mourir ma mere ;
J'ai, pour comble d'horreur, vû mon pere & mon frere,
Accablés sous le poids de leurs fers inhumains,
Et traînés pour servir de spectacle aux Romains.
Après un tel aveu, se peut-il que votre ame,
Ose dire qu'elle aime, & qu'un Romain l'enflame ?

ARMINIE.

Vous-même oubliez-vous que d'un trépas honteux,
Ce Romain a sauvé mon pere malheureux ?
C'est un trait éclatant dont j'ai sçû vous instruire.

AMBIOMER.

Ce pere infortuné, sçavez-vous s'il respire ?

ARMINIE.

Si j'ignore son sort, je suis instruite au moins,
Qu'il se vit arraché du Cirque par ses soins.
Voilà ce que j'ai sçu de Maxime lui-même :
Voilà ce qui m'attache à sa vertu que j'aime;
Et voilà dans mon cœur ce qui doit lui donner
Un pouvoir, & des droits que rien ne peut borner ;
Il l'a trop mérité par un si grand service.
Je ne puis l'oublier sans lui faire injustice ;
Il ne doit point souffrir d'un fatal préjugé,
Du crime des Romains il s'est trop bien purgé :
Ma haine agit contre eux sans nuire à ce grand homme,
Et je chéris Maxime autant que je hais Rome.

AMBIOMER.

Il est par votre estime assez récompensé ;
D'un sentiment plus vif, votre devoir blessé,
Veut que vous réserviez, votre amour pour un autre ;
Qui ne combatte pas mon païs & le vôtre.
Pouvez-vous balancer entre son Prince & lui ?
L'un est son destructeur, & l'autre est son appui.
Voyez dans Pharamond un Héros qui vous aime,
Appellé par les Dieux & par les Gaulois même ;
Qui fait subir à tous son ascendant vainqueur,
Et peut vous faire part un jour de sa grandeur.

ARMINIE.

Son bras, peut à ſon gré triompher dans la guerre :
Il peut renouveller la face de la terre,
Selon ſa volonté, tranſporter les Etats,
Créer un nouveau peuple, & changer les climats ;
Mais toute la valeur de ce Chef magnanime,
Ne peut ſoumettre un cœur défendu par Maxime.

AMBIOMER.

En aimant ce Romain, quel eſt donc votre eſpoir ?
Songez que Pharamond vous tient en ſon pouvoir.
Il eſt grand, généreux, & ſenſible au mérite,
Mais fier, impétueux, quand un refus l'irrite.

ARMINIE.

Eh, voilà ce qui met le comble à mes ennuis.
Son amour fait l'horreur de l'état où je ſuis.
Mon ame, comme Roy, le révére & l'admire,
Mais mon cœur, comme amant, redoute ſon empire.
S'il a tous mes reſpects, Maxime a mes déſirs,
Tous deux differemment partagent mes ſoupirs.

AMBIOMER.

Ah ! ne ſouffrez donc plus qu'un ſi grand Roy s'oublie,
Retarder ſes exploits, c'eſt trahir la patrie.

ARMINIE.

Depuis un mois entier, c'eſt de quoi je gémis ;
Mais ce n'eſt pas aſſez. Aux yeux de mon païs,

Je prétends me laver d'un si cruel reproche.
Je vois dans ce moment Pharamond qui s'approche.
Par vos discours ici réveillez sa fierté.
Je sors pour vous laisser parler en liberté ;

(Elle sort.)

SCENE II.

PHARAMOND, AMBIOMER.

AMBIOMER.

SEigneur, de vos succès la Celtique informée ;
Vous apprend par ma voix combien elle est charmée.
Elle vient se placer au rang de vos sujets.
Et pour contribuer à vos justes projets,
Des Guerriers qu'elle enfante, elle a choisi l'élite,
Et les a fait ici marcher sous ma conduite ;
Ils sont impatiens de combattre pour vous,
Et le seul nom de Rome excite leur courroux.

PHARAMOND.

J'aime un courroux si noble, & je vous associe,
De tous les vrais Gaulois mon Camp est la patrie.
Vous aviez cent Tyrans, & vous n'aurez qu'un Roy.
Je veux que l'amour seul vous soumette à ma loy,

Je vais être pour vous ce que furent mes peres;
Et dans tous mes François vous trouverez des freres.

SCENE III.

PHARAMOND, VINDORIX, AMBIOMER.

VINDORIX.

Venez, Seigneur, venez dans un péril si prompt,
Hâtez-vous aux Soldats de montrer Pharamond,
Votre absence est pour eux une cruelle injure,
Et jusqu'à l'insolence ils portent le murmure;
Ils ne se bornent point aux cris séditieux,
Ils sement contre vous des bruits injurieux.

PHARAMOND.

Contre moi, Vindorix? eh! que peuvent-ils dire?

VINDORIX.

Un autre en ce moment craindroit de vous instruire;
Mais je dois vous parler avec sincerité.

PHARAMOND.

Tu sçais que j'ai toujours aimé la vérité:
Qu'un Gaulois que j'estime a droit de me l'apprendre,
Et qu'un Prince François mérite de l'entendre.

VINDORIX.

Par vos ordres, Seigneur, absent depuis un mois,
J'arrive ce matin dans le Camp des François,

Sur le front des Soldats je vois la douleur peinte;
Et leur ſilence affreux, glace mon cœur de crainte.
Je conjure l'un d'eux d'éclaircir mon effroy,
Et plein d'empreſſement je demande mon Roy.
» Va le chercher, dit-il, aux genoux d'une eſclave;
» Ce Conquérant ſi fier, & ce Guerrier ſi brave;
» Qui renfermé dans Reims, s'endort dans les plai-
ſirs,
» Et perd le tems de vaincre à pouſſer des ſoupirs.
» C'eſt ainſi qu'il répond à nos deſtins proſperes:
» Et qu'il fonde un Empire, ou régnerent ſes peres:
» Voilà le prix des maux que nous avons ſoufferts,
» Et des coups dont pour lui nous ſommes tous cou-
verts.
» Pour faire triompher ce Chef qui nous oublie,
» Nous avons tout quitté, famille, amis, patrie:
» De nous ſervir de pere il nous avoit promis,
» Il manque à ſon ſerment, ne ſoyons plus ſes fils.
» Il deſerte ſon Camp, pour ſuivre une captive,
» Pour revoir nos parens fuyons de cette rive:
» Ces derniers ont ſur nous un plus juſte pouvoir,
» L'un eſt une foibleſſe, & l'autre eſt un devoir.
Je veux d'un tel diſcours réprimer la licence;
Mais tous ſes Compagnons s'arment pour ſa défenſe,
Tous font voir à mes yeux un déſeſpoir égal.
Le déſordre s'augmente & devient général.

Tout le Camp mutiné, vous demande en tumulte,
La voix de la raison n'est plus ce qu'il consulte.
Si vous ne paroissez pour calmer ces esprits,
Il ne s'en tiendra point à d'inutiles cris.
Songez qu'il ne suivra que sa rage enflamée;
Et que la fin du jour peut vous voir sans armée.

PHARAMOND.

Les lâches, loin de moi sont sortis du respect.
Mais tu les verras tous trembler à mon aspect.
Tel est du vil Soldat l'ordinaire bassesse;
Il se plaint par envie, & se tait par foiblesse.
Mon ame est au-dessus de ces vaines rumeurs,
Et ne s'abaisse point à craindre ses clameurs.

VINDORIX.

Mais le Soldat, Seigneur, est fondé dans sa plainte,
Et doit, tout vil qu'il est, vous donner de la crainte.
Il est votre Public, & des bruits qu'il répand,
Malgré vos fiers dédains, votre grandeur dépend.
Vous devez à ses yeux vous montrer estimable,
Et ce titre le rend un Juge respectable.
A vos commandemens asservi chaque jour,
Il devient sous ce nom, votre Maître à son tour.
Le dernier des Guerriers qui rampe dans l'armée,
Se voit l'arbitre né de votre renommée.
Il peut du moindre soufle en obscurcir l'éclat;
Et la gloire du Chef est aux mains du Soldat.

Son eſtime pour lui ſert de régle à la terre,
Et forme un Tribunal, ſouverain dans la guerre,
Qui jugeant ſes exploits, & péſant ſes travaux,
Eléve un Conquérant, ou dégrade un Héros;
Elle trace de lui cette premiere idée,
Sur qui l'opinion paroît toujours fondée,
Et dans tous les eſprits en imprime les traits,
Qui gravés une fois, ne s'effacent jamais.
De la prévention c'eſt en vain qu'il appelle,
Son pouvoir rend l'eſtime, ou la haine éternelle.
Vous devez plus qu'un autre en craindre les effets,
Vous, qui venez régner ſur de nouveaux ſujets,
Et jettant d'un Etat les fondemens ſolides,
Voulez fixer ici vos conquêtes rapides.
Dans cette grande époque, où l'univers jaloux,
Attache avidement tous ſes regards ſur vous;
Vous devez ſur vos pas veiller d'un ſoin extrême,
Et dans chaque Guerrier vous reſpecter vous-même.
Captiver leur ſuffrage, & Roy par la valeur,
Vaincre votre ame enfin, pour ſubjuguer la leur.

PHARAMOND.

Qui, moi? Je ne prends point pour Juge leur caprice:
J'ai les plus nobles Chefs qui me rendront juſtice.

VINDORIX.

Vous n'aurez point leur voix, ne vous en flattez point,
Et comme le Soldat, ils penſent ſur ce point.

Tous d'un commun accord, condamnent votre absence,
Ceux même qui vous sont liés par la naissance,
Clotaire, Sigebert, Marcomire, & Sunnon,
Moi-même, si près d'eux j'osois placer mon nom,
Je blâmerois l'oubli qui du camp vous sépare.

PHARAMOND.

Quoi! Vindorix aussi contre moi se déclare?

VINDORIX.

Seigneur, je fus toujours l'esclave de l'honneur,
Et l'ami de mon Roy, sans être son flatteur.
C'est moi qui dans la Gaule, où le Ciel me fit naître,
Ai conduit Pharamond pour s'en rendre le maître,
Je ne laisserai point mon ouvrage imparfait :
Et je dois vous presser à vaincre tout-à-fait.
Ce jour doit décider du destin de la France.
Le tems est précieux, partons en diligence :
Le péril est plus grand que je ne vous l'ai peint.
C'est peu, Seigneur, c'est peu du François qui se plaint,
Votre fier Allié le Bourguignon murmure.
Votre séjour ici lui paroît une injure,
Faite par votre amour à la sœur de son Roy,
A qui par un Traité j'ai promis votre foy.

SCENE IV.

PHARAMOND, VINDORIX, AMBIOMER, SEGESTE.

SEGESTE.

AH! Seigneur, pardonnez à l'effroi qui m'amene,
On voit déja vers nous marcher l'Aigle Romaine;
Et pour venger Varus, vaincu par votre bras,
Maxime est de retour & s'avance à grands pas.

PHARAMOND.

Dissipe la frayeur de ton ame allarmée.
Je vais, puisqu'il le faut, me montrer à l'armée.
Je sçaurai, Vindorix, couronner mes exploits,
Et triompher de Rome avec les seuls Gaulois:
A mon destin déja son étoile est soumise;
* Veille dans ce Palais, de peur d'une surprise.
Je ne veux qu'un instant pour calmer les mutins,
Pour combattre Maxime & chasser les Romains.

* A Vindorix.

Fin du premier Acte.

ACTE II.

SCENE PREMIERE.

VINDORIX, SEGESTE.

SEGESTE.

'Où naît l'inquiétude, où vous paroissez être?

VINDORIX.

Faut-il que le devoir rétienne ici ton Maître?
Trop heureux le Soldat qui combat les Romains.

SEGESTE.

Cette ardeur me surprend....

VINDORIX.

Les François sont aux mains,

Et je ne puis comme eux dans un ſang que j'abhorre,
Me baignant tout entier ....

SEGESTE.

Mais quel ſujet encore,
Peut contre ces Romains vous donner tant d'horreur ?
Votre haine contre eux dégénere en fureur.

VINDORIX.

Les monſtres ! je voudrois en éteindre la race,
Effacer de leur nom juſqu'à la moindre trace :
Et dans leurs flancs ouverts, laver l'affront honteux...
Je n'en puis rappeller le ſouvenir affreux,
Sans un frémiſſement qui redouble ma rage,
Et leur deſtruction eſt peu pour cet outrage.
Par ces tyrans cruels & déteſtés par tout,
Qui ſont polis par art, & barbares par goût,
En vil Gladiateur je me ſuis vû traduire,
Et livré dans un Cirque aux yeux de tout l'Empire.

SEGESTE.

Vous, Seigneur, né d'un ſang illuſtre & révéré,
Vous être vû l'acteur d'un ſpectacle abhorré !
Mais comment, & pourquoi leur jalouſe puiſſance,
A-t'elle pris de vous cette affreuſe vengeance ?

VINDORIX.

Pour avoir fait le trait d'un digne Citoyen,
Et ſouſtrait à leur joug mon païs & le tien.

La

La Gaule respiroit, & de mon seul courage,
La liberté publique étoit l'heureux ouvrage;
De ses douceurs en paix déja nous jouissions,
Quand Stilicon jaloux du bien des Nations,
Ce Ministre absolu, le tyran de son Maître,
Et de ses ennemis le plus mortel peut-être,
M'assiéga dans Tournai; qu'il prit & saccagea:
Comme un vil criminel de fers il me chargea:
Ma fille d'un Préteur fut le triste partage,
L'enfance ne la put sauver de l'esclavage,
De mes bras tout sanglans je la vis arracher:
Stilicon sur ses pas me força de marcher;
Mais c'étoit peu de moi, ce Vainqueur sanguinaire
Associa mon fils aux malheurs de son pere;
Honteusement liés, nous ornâmes son char,
Et nous fumes traînés à la Cour de César.
Alors on nous plongea dans des prisons affreuses;
Pour attendre le jour de ces Fêtes honteuses,
Où le Romain se fait un plaisir inhumain,
De voir avidement couler le sang humain,
Et paroît plus cruel que le tigre sauvage
Que déchaîne sa main, & que nourrit sa rage.
Le sexe né timide, & fait pour la pitié,
Se pare pour ces Jeux, loin d'en être effraïé.
Peuple avide de sang, sans avoir de courage,
Qui goûte dans la paix les horreurs du carnage.

Des coups loin du danger juge tranquillement,
Et de la cruauté fait ſon amuſement.

SEGESTE.

J'écoute ce récit avec impatience,
Et je ſuis du péril effraïé par avance.

VINDORIX.

L'inſtant fatal arrive, où dans le Cirque ouvert,
Je me vois en ſpectacle indignement offert;
On me force à combattre, & d'horribles trompettes,
Animent contre moi les plus vils des Athlétes.
Ce barbare appareil me pénétre d'horreur;
Mais bien-tôt leur audace excite ma fureur,
Mes plus fiers aſſaillans ſont autant de victimes,
Que j'immole à ma honte, & punis de leurs crimes.
A ces triſtes exploits, Rome entiere applaudit,
Ma fierté s'en indigne, & mon front en rougit;
Avantage odieux, & funeſte victoire,
Indigne de mon bras, & honteuſe à ma gloire!
Triomphe humiliant, qui ſouille la valeur,
Qui bleſſe la nature & flétrit le Vainqueur!
Gaulois, dont le courage illuſtre l'origine,
Ce ſont là les lauriers que Rome vous deſtine;
On y voit dans les fers le Héros abbatu;
Et l'opprobre y devient le prix de la vertu.
Mais, ô comble d'éfroi, de vengeance, & de haine!
Un nouveau combatant eſt conduit ſur l'arene,

J'allois fondre ſur lui. C'étoit mon fils. Helas !
Il reconnoit ſon pere, & vole dans mes bras :
Dieux ! Le meurtre, dit-il, eſt peu pour ces perfides !
Et pour plaire à leurs yeux, il faut des parricides.
De pleurs en même tems, il inonde mon ſein,
Et le fer, à tous deux, nous tombe de la main.
Je le tiens embraſſé ; dans l'inſtant éfroïable,
Qu'on déchaine ſur nous un Tigre épouvantable.
Il alloit me ſaiſir ; mais d'un pas courageux,
Mon fils infortuné ſe jette entre nous deux :
Pour défendre ma vie, il ſe livre à ſa rage ;
Je vois au même inſtant ſuccomber ſon courage.
Je le vois expirer, je le vois tout ſanglant.
Pour un pere, grand Dieux ! quel objet accablant !
Le monſtre le déchire, ah ! j'en frémis encore !
Et partage à mes yeux ſes membres qu'il dévore.
Eperdu, déſolé, j'allois venger ſa mort,
Ou plûtôt éprouver ſon déplorable ſort,
Lorſqu'à mon déſeſpoir un ſeul Romain ſenſible,
Fit rougir l'Empereur de ce ſpectacle horrible.
Son ſecours m'arracha du Cirque redouté,
Et je lui dois la vie avec la liberté.
Juge après ce revers, ſi ma haine eſt fondée,
Et ſi d'un vain tranſport mon ame eſt poſſedée.

SEGESTE.

Mes ſens ſont pénétrés d'épouvante, & d'horreur,
Et tous vos mouvemens ont paſſé dans mon cœur.

Je voudrois, pour punir sa fureur meurtriere :
Je voudrois comme vous détruire Rome entiere :
Mais, dites moi, Seigneur, échapé du trépas,
Dans quels lieux inconnus portates-vous vos pas ?

VINDORIX.

Je m'éloignai de Rome, & dans la Germanie
J'allois cacher mon nom, & mon ignominie;
Mais enfin la raison sçut me faire sentir
Que des forfaits d'autrui j'avois tort de rougir;
Et qu'un suplice injuste, & qui n'est dû qu'au crime,
Deshonore l'auteur, & non pas la victime.
J'osai me présenter au Chef des Saliens,
Et de ses interêts je fis bientôt les miens.
Instruit que Pharamond descendoit des nos Princes,
Je conduisis ses pas au sein de nos Provinces.
Par ce moyen heureux, & seul digne de moy,
J'établis dans la Gaule un légitime Roy :
Je tirai des Romains une noble vengeance,
Et de mon bienfaicteur je fondai la puissance.
C'est ainsi qu'un Guerrier reconnoît les bienfaits ;
Et c'est par la vertu qu'il punit les forfaits.

SEGESTE.

L'estime de ce Prince avec sa confiance,
Est d'un zele si beau la juste récompense ;
Et les dons que sur vous sa faveur a versés,
Effacent tous les traits de vos malheurs passés.

VINDORIX.

Rien ne peut réparer les maux de ma famille,
J'ai vû périr mon fils, & j'ai perdu ma fille;
L'heureux sort de mon Roy peut seul me consoler.
Sa captive paroît, & je dois lui parler;
Segeste; laisse-nous.

SCENE II.

VINDORIX, ARMINIE

VINDORIX.

Le bien de cet Empire,
L'interêt de mon Prince, & l'honneur qui m'inspire,
Mon âge, mon rang même, & votre sûreté
Veulent que je vous parle avec sincerité.
L'amour du Roy, pour vous est funeste à sa gloire,
Et l'austere vertu que vous devez en croire,
Vous défend d'écouter malgré l'orgueil jaloux,
Les soupirs d'un Héros qui n'est pas né pour vous.
Loin de flatter ses voeux, & de nourrir sa flame.
Vous devez par vos soins l'arracher de son ame;
Et ne point préferer l'honneur de l'avilir,
A celui de le rendre au rang qu'il doit remplir.

ARMINIE.

A ſuivre vos conſeils, Seigneur, je ſuis portée ;
Des hommages du Roy loin que je ſois flattée,
Ils ne font qu'ajouter à mes ennuis affreux.
Que je puiſſe obtenir dans mon ſort rigoureux,
La liberté de fuir pour jamais ſa préſence,
Et le bien de revoir les lieux de ma naiſſance,
C'eſt tout ce que je veux, & tout ce que j'attens.

VINDORIX.

Vous verrez vos deſirs remplis dans peu de tems.

ARMINIE.

Mais qu'oſai-je eſperer, & quelle eſt mon envie!
Triſtes murs de Tournai! Malheureuſe patrie!
Vous n'êtes plus pour moi qu'un objet de douleur.

VINDORIX.

Vous avez dans Tournai vû le jour?

ARMINIE.

Oüi, Seigneur.

VINDORIX.

J'y ſuis né comme vous, & c'eſt aſſez pour prendre
A vos jours malheureux l'interêt le plus tendre.
D'une fille que j'eus, & qu'un deſtin jaloux
Enleva dès l'enfance à mes vœux les plus doux,
Vos malheurs & vos traits me rappellent l'image.
Elle eſt morte, ou languit dans un triſte eſclavage.

ARMINIE.

De barbares Soldats, dès mes plus jeunes ans,
M'arracherent comme elle aux bras de mes parens.

VINDORIX.

Ce rapport à mes yeux vous rend encor plus chere.

ARMINIE.

Vous retracez aux miens le souvenir d'un pere,
Seigneur, quoique ses traits légerement gravés,
Se soient dans ma mémoire à peine conservés,
Vous semblez m'en offrir une image confuse,
Et mon esprit se plaît dans l'erreur qui l'abuse.
Mais hélas ! il n'est plus ce pere infortuné,
Ou dans un lieu-désert, il vit abandonné.

VINDORIX.

Je sens à ce discours que ma pitié redouble.
Parlez, jeune Captive, éclaircissez mon trouble,
De l'auteur de vos jours quels furent les malheurs?
Je ne veux les sçavoir que pour sécher vos pleurs.

ARMINIE.

Ah ! Je ne puis, Seigneur, sans frémir d'épouvante
Tracer à vos regards sa disgrace effraïante !
Les perfides Romains lui firent éprouver,
Dans le Cirque...... Seigneur, je ne puis achever.

VINDORIX.

Dans le Cirque, Grands Dieux!

AMBIOMER.

Oui leur rage inhumaine
Avec son triste fils l'exposa sur l'arene.
Un monstre y déchira mon frere malheureux . . . . . .
Seigneur, vous pâlissez à ce récit affreux ?

VINDORIX.

Vindorix ! à ces traits peux-tu te méconnoître !

ARMINIE.

Vindorix ! Ciel qu'entens-je !

VINDORIX.

Oui tu le vois paroître.
Arminie ! O ma fille !

ARMINIE.

O surprise ! O bonheur !
Je reconnois mon pere aux transports de mon cœur

VINDORIX.

Après tant de regrets, je te revois ma fille,
La fortune me rend l'espoir de ma famille.
Mes maux sont réparés, & ces instans flatteurs
De douze ans de revers réparent les horreurs.
Je sens par le plaisir d'une vûe aussi chere,
Que le bien le plus doux est celui d'être pere.
Il semble que le sort soit extrême pour nous.
Après m'avoir frappé de ses plus rudes coups,
Il épuise sur moi ses faveurs ramassées,
Et mesure ses dons à ses rigueurs passées.

J'ai retrouvé ma fille, & ſuis cher à mon Roy.
Elle partagera ſes bienfaits avec moi ....
Mais je me laiſſe trop emporter par ma joye,
Et trop plein du bonheur que le Ciel me renvoye
Je parois oublier qu'un interêt plus fort,
Veut qu'au fond de mon cœur je cache mon tranſport.
Et tienne un tel ſecret dans un profond ſilence.

ARMINIE.

Vous Seigneur, Qui vous porte à taire ma naiſſance ?

VINDORIX.

L'amour que Pharamond a puiſé dans tes yeux.
Il flatte, mais en vain, mes vœux ambitieux.
Cette flâme eſt contraire à ſa gloire jalouſe,
La ſœur de Gondebaud doit être ſon épouſe.
Ce nœud doit dans la Gaule affermir ſa grandeur:
Ton deſtin découvert porteroit ſon ardeur
A violer bien-tôt ſa parole donnée;
Au mépris de ſa foi tu ſerois couronnée.
Je ne détruirai point ce que j'ai commencé,
J'aurois même à rougir ſi j'avois balancé,
Et je dois immoler dans ce danger ſiniſtre,
Les interêts du pere aux devoirs du Miniſtre.
L'avantage du Prince, & le bien des ſujets,
Mon honneur, tout me porte à l'effort que je fais,
Quand j'étouffe pour eux la voix de la nature;
Ma fille, de tes ſens fais taire le murmure,

Laiſſe dans ſon erreur le Monarque des Francs :
Fuis plûtôt ſes regards & ſa Cour quelque tems.
Tu lui dois ces efforts pour guérir ſa foibleſſe,
Songe qu'il eſt plus beau d'écouter la ſageſſe
Et d'oſer au devoir ſacrifier l'orgueil,
Que d'obtenir un rang qui ſeroit ſon écueil.

ARMINIE.

Ne craignez rien, Seigneur, des déſirs d'Arminie ;
Ce rang ne fut jamais l'objet de ſon envie.
L'interdire à ſon cœur, c'eſt répondre à ſes vœux,
Et ſi vous l'exigiez, il ſeroit malheureux.

VINDORIX.

Je ſuis auſſi content de ton obéïſſance,
Que je ſuis étonné de cette répugnance,
Pour un bonheur qui doit flatter un jeune eſprit.
L'éclat de la grandeur, le charme, & l'éblouit,
A moins que le pouvoir d'une plus douce ivreſſe,
N'efface des honneurs l'image enchantereſſe.
Ma fille, tu rougis, il t'échappe un ſoupir ?

ARMINIE.

Du ſoin qui me l'arrache il faut vous éclaircir.
D'un pere tel que vous l'amour & la prudence,
Méritent de mon cœur toute la confiance.
Mon ſeul reſpect pour vous eſt ma régle aujourd'hui,
Je dois vous faire juge, entre mon cœur & lui.
Je vais vous dévoiler ſes replis les plus ſombres,
Et vous ôter le ſoin d'en pénétrer les ombres,

Moins pour juſtifier ce qu'il oſe ſentir,
Que pour ſubir l'arrêt qui doit l'aſſujettir.
S'il eſt dans le péril, vous ſçaurez le conduire,
Et vous le punirez s'il s'eſt laiſſé ſéduire.
Malgré le poids des fers & de l'abbatement,
Ce cœur a prévenu votre conſentement;
Il s'eſt donné, Seigneur; mais c'eſt au vrai mérite,
Et la vertu régit l'ardeur qu'il a produite.

VINDORIX.

Parle, quel eſt celui que ton cœur oſe aimer?
Son nom juſtifiera . . . . . .

ARMINIE.

Je tremble à le nommer.
C'eſt . . . .

VINDORIX.

Acheve . . . .

ARMINIE.

Maxime.

VINDORIX.

Ah! Quel amant, Grands Dieux!
Le chef des Ennemis, un Romain odieux!

ARMINIE.

Vous ne connoiſſez pas, Seigneur, quel eſt Maxime.
Il doit plus que tout autre attirer votre eſtime,
C'eſt un Romain illuſtre, égal aux Marcellus,
Digne du tems d'Auguſte, & non d'Honorius;

Dans ma captivité mon Protecteur sincere :
Mais un titre plus grand fait que je le révére,
Du bonheur que je goute, il est l'heureux auteur,
Et pour tout dire enfin votre Libérateur.

VINDORIX.

Mon Libérateur ?

ARMINIE.

Oui : C'est son secours propice,
Qui déroba vos jours à l'indigne supplice,
Où les auroit livrés le cruel Stilicon ;
Et ce trait à l'aimer a forcé ma raison.

VINDORIX.

Sur Vindorix lui-même, il a tant de puissance,
Qu'il fait céder sa haine à la reconnoissance :
A la fureur des siens Maxime mit un frein,
Et le grand homme en lui rétablit le Romain.
C'est aux esprits communs, aux ames ordinaires,
A plier sous le joug des préjugés vulgaires ;
Mais les cœurs généreux jugent sans passions,
Regardent les vertus, & non les nations ;
Divisés d'interêt la probité les lie,
Et Romains ou Gaulois, ils n'ont qu'une Patrie.
Les climats differens ne changent point leurs mœurs,
Ennemis aux combats, amis partout ailleurs.
Loin de blâmer ton choix, & de gêner ton ame,
Ma fille, je te loue, & j'applaudis ta flâme.

Du bien que j'ai reçû, tu t'acquittes pour moy;
Et qui sauva mes jours, est seul digne de toy.

ARMINIE.

Ah! Que ne dois-je point aux bontez de mon Pere?

SCENE III.

VINDORIX, ARMINIE, AMBIOMER.

AMBIOMER.... *à Vindorix.*

A Nos armes, Seigneur, la fortune est prospere.
Pharamond est vainqueur, son triomphe est entier;
Les Romains sont défaits, leur Chef est prisonnier;
Maxime pris par moi, suit le char de mon Maître.

ARMINIE *à part.*

Qu'entens-je?

AMBIOMER.

A ses regards hâtez-vous de paroître:
Déja vers ce Palais, le Roy marche à grands pas,
Applaudi par le peuple, & porté des Soldats.

VINDORIX.

Jour heureux! jour célebre, où la Gaule affranchie.
Voit naître une nouvelle, & juste Monarchie,
Qui fait un peuple seul des Francs & des Gaulois;
Et chasse les Tyrans, pour établir les Rois.

Fin du second Acte.

ACTE III.

SCENE PREMIERE.

PHARAMOND, MAXIME *désarmé*; AMBIOMER, *Suite de François vainqueurs*; *& de Romains vaincus.*

PHARAMOND.

E Ciel s'est déclaré pour nôtre juste audace,
Et l'univers va prendre une nouvelle face:
Ses Tyrans sont vaincus, & nos vaillantes mains
Portent le dernier coup au pouvoir des Romains.
Leur force divisée annonce leur ruine;
Vers sa fin chaque jour ce grand corps s'achemine:
On voit de tous côtez son Empire affoibli,
Les tems sont arrivés, l'oracle est accompli.

De l'Espagne chassés, par l'effort du Vandale,
Par l'audace des Gots pris dans leur Capitale,
Et par nous dans la Gaule heureusement défaits;
Ils sont forcés d'attendre une honteuse paix.
A son dernier instant leur gloire est parvenue,
Du foible Honorius la mollesse connue,
La prise de leur Chef * qui paroît à vos yeux,
Tout vous est de leur chute un garant précieux.
D'autres loix, d'autres mœurs, vont regner sur la terre;
De nouveaux Conquérans y portent le tonnerre,
Et du Trône avili relevant la splendeur,
Sur les débris de Rome élevent leur grandeur.
Livrez-vous à la joye, heureux peuples de France,
Son Regne va finir, & le vôtre commence;
Le sort irrévocable en a marqué l'instant,
Et promis de le rendre aussi long qu'éclatant;
Son bonheur doit du monde égaler la durée,
Et portant le flambeau dans l'Europe éclairée,
Cet Etat fortuné qui s'éleve aujourd'hui,
Sera des Nations le modéle & l'appui.

MAXIME.

Roy des Francs, la victoire aveugle ton courage,
Et tu pousses trop loin l'orgueil qui nous outrage,
Ton dessein est plus grand que facile à remplir,
Et ta prédiction est loin de s'accomplir:

* *Montrant Maxime.*

Apprends que mon malheur n'a point épuisé Rome ;
En triomphant de moi tu n'as défait qu'un homme.
D'autres chefs plus heureux, en s'armant pour ses droits,
Reprendront l'ascendant qu'elle eut sur tant de Rois ;
Ta conquête n'est pas encor bien affermie,
Un jour peut renverser ta foible Monarchie ;
De tes premiers succès sois moins enorgueilli,
Et sous ses fondemens crains d'être enseveli.
Oui, quoique le destin lui soit moins favorable,
Songe que cette Rome est toujours redoutable,
Qu'elle est la Reine encor de plus d'un Souverain ;
Et qu'un Sceptre brisé n'est qu'un jeu de sa main.

PHARAMOND.

C'est ainsi qu'auroient pû répondre tes Ancêtres,
Mais leurs fils n'ont plus droit de nous parler en Maîtres.
Du nom Romain comme eux vous êtes revêtus ;
Vous avez leurs discours, mais non pas leurs vertus.
De vos pertes sans cesse on voit grossir le nombre,
Et de ce qu'elle fut, Rome n'est plus que l'ombre,
Ses enfans sont plongés dans un lâche repos.
L'esclave a pris chez eux la place du Héros :
Leur nom n'impose plus dans le siecle où nous sommes,
Et les Dieux de la terre à peine sont des hommes,

Devant

Devant nos étendarts ils ont appris à fuir ;
Et souples courtisans, ne sçavent qu'obéir.

MAXIMIE.

Pharamond, contre nous quoi que tu puisses dire ;
Jamais tant de grandeur n'a regné dans l'Empire :
Tout ce qu'ont d'éclatant l'abondance & les Arts
Se trouvent réunis dans la Cour des Cézars.
Rome est plus que jamais en grands hommes feconde,
Elle est toujours l'Arbitre, & l'Ecole du monde :
Le courage des siens n'est plus une fureur ;
L'esprit & la prudence éclairent leur valeur.
Les Romains cultivés au sein de la richesse
De leurs ayeux grossiers ont perdu la rudesse :
L'étude parmi nous passe jusqu'au soldat :
Poli dans le repos, & fier dans le combat,
Il orne en même tems & défend sa Patrie,
Il sçait braver la mort, & jouir de la vie.

PHARAMOND.

Des Romains d'aujourd'hui tu flattes le portrait,
Et ces Arts dangereux dont tu vantes l'attrait,
Ont corrompu leurs mœurs, énervé leur courage ;
C'est un fléau pour eux, plûtôt qu'un avantage ;
Leurs cœurs efféminés que la fatigue abbat,
Vivent dans l'indolence, & meurent sans éclat ;
Et tout ce vain sçavoir, dont ils font leurs délices,
Est l'oubli des devoirs & l'étude des vices.

Habiles dans la fraude & dans la volupté,
Ils en font leur mérite & leur félicité,
Et devant leur raiſon qu'un faux brillant égare,
L'honneur eſt étranger, & la candeur barbare;
Nous ſommes trop heureux, Soldats qu'elle a nourris,
De mériter ce titre & d'avoir leur mépris:
Ils ſont dignes du nôtre; & l'amour de la gloire
Du côté des François paſſe avec la victoire,
Au faſte qui les ſuit nous devons ce bonheur,
Et leur luxe fatal eſt leur premier vainqueur.
C'eſt le ſeul ennemi que Pharamond redoute.
Tout ce que je demande au Ciel qui nous écoute,
Eſt de nous garantir de ce poiſon honteux,
Et puiſſe-t'il toujours épargner nos neveux!
Puiſſent-ils conſerver notre heureuſe ignorance,
Et ne jamais ſubir le joug de l'opulence!

SCENE II.

Les Acteurs précedens, VINDORIX, *Suite de Gaulois.*

VINDORIX.

VAinqueur de nos tirans, Vindorix devant vous,
Au nom de nos Gaulois vient fléchir les génoux,
Et vous jurer pour eux les hommages ſincéres
Et la fidélité qu'ils eurent pour vos peres.

La Gaule en même tems vous presse par ma voix,
De retablir les siens dans leurs premieres Loix;
Avec le joug de Rôme éteignez ses usages;
Et faites refleurir nos mœurs simples & sages.

PHARAMOND.

Oui, je promets, pour prix de leur fidelité
De ramener les tiens à leur simplicité,
Telle que le François la conserve encor pure;
Et telle qu'il la tient des mains de la nature.
Sa justice est son bras; sa loi, la probité,
Sa replique, le fer; son bien, la liberté;
Pour ce bien précieux il n'est rien que je n'ose;
Au péril de mes jours je défendrai leur cause
Si je fonde un état, & prétends le regir,
C'est pour le rendre libre & non pour l'asservir.
Laissons aux vils Tirans l'urbanité Romaine,
Et sans leur envier cette qualité vaine,
Pour la liberté seule illustrons notre rang,
Et faisons voir un Roy digne d'un Peuple Franc.
Dans la Gaule à jamais j'abolis l'esclavage;
La nature gémit d'un si cruel usage.
Tous les Peuples sont faits pour être gouvernés,
Mais les coupables seuls doivent être enchaînés;
Et parmi les Germains, les Francs & les Bataves;
L'honneur fait les sujets; le crime les esclaves;

Dans mes justes desseins ils m'ont sçû maintenir,
Dans leurs droits à mon tour je dois les soutenir.
Je veux que tout soit libre entrant dans cet empire,
La franchise est un droit de l'air qu'on y respire:
J'étends cette faveur jusqu'à mes ennemis,
Et je brise leurs fers quand je les ai soumis.
Maxime dans ma Cour n'a plus rien qui le lie,
Il peut avec les siens partir pour l'Italie,
Et dire à leur Cezar qu'un Prince des Germains
Fait sur l'humanité des leçons aux Romains,
Que nous suivons sans art l'équité naturelle,
Et que nous préferons, en combattant pour elle,
L'ignorance aux clartez qui vous ont amolis,
Et la vertu sauvage à des vices polis.

MAXIME.

Tu m'as vaincu deux fois, & je mettrai ma gloire
A publier par tout ta derniere victoire;
J'obtiens la liberté, mais je ne la reçoi,
Que pour me souvenir que je la tiens de toi.
Heureux, si je puis rendre un Roi si magnanime,
L'allié des Romains, & l'ami de Maxime!

PHARAMOND.

Les nobles sentimens que tu fais éclater,
Me frappent à leur tour & te font respecter.
Pharamond est touché de ta reconnoissance;
Il pourra des Romains accepter l'alliance,

Si ton cœur le désire, & s'il l'obtient par toi,
Sans abbaisser le sceptre & dégrader le Roi ;
Et que me distinguant de la foule des Princes,
Ils renoncent aux droits qu'ils ont sur ces Provinces :
Qu'Honorius & lui marchent d'un pas égal,
Et qu'il soit son ami sans être son vassal.

(Maxime sort.)

SCENE III.

PHARAMOND, VINDORIX, *Suite.*

PHARAMOND, *à sa Suite.*

ALlez, braves Soldats, fiers vengeurs de la terre,
Jouir dans le repos des honneurs de la guerre.

(La Suite sort.)

SCENE IV.

PHARAMOND, *seul.*

DEbarrassé des soins du Prince & du Guerrier,
Je puis à mon ardeur me livrer tout entier.
Je n'ai plus de mon camp à redouter le blâme ;
Ma gloire satisfaite autorise ma flâme.

L'amour doit délasser un Monarque vainqueur,
Et de tous ses travaux être le prix flatteur.
J'ai le droit desormais de brûler sans foiblesse,
Ma Captive s'avance, & prévient ma tendresse.

SCENE V.

PHARAMOND, ARMINIE.

ARMINIE.

DU bruit de vos bienfaits ce Palais retentit,
Tout est libre, Seigneur, & tout vous applaudit.
Souffrez que partageant l'allegresse publique,
Je joigne mes transports à ceux de la Belgique.
Plus qu'un autre je dois louer votre bonté,
Puisqu'elle rompt le cours de ma captivité.
Je ressens vivement le don que vous me faites,
Et profitant des droits qu'ont toutes vos Sujettes,
Pour revoir mes parens, je quitte votre Cour,
Et je vais, dans les lieux où j'ai reçu le jour,
Publier vos bienfaits, & goûter les premices
D'un régne florissant qui fera nos délices.

PHARAMOND.

A ce discours fatal tous mes sens étonnés
Demeurent suspendus, & sont comme enchaînés.

Vous voulez me quitter, ô Ciel! eſt-il poſſible?
Vous oſez me porter le coup le plus ſenſible,
Et ſous l'humble dehors d'une fauſſe douceur,
En me remerciant, vous me percez le cœur.

ARMINIE.

Je vous porte à regret cette atteinte cruelle;
Mais, Seigneur, mon devoir dans d'autres lieux m'appelle.
Un eſpace trop grand vous ſépare de moi:
Je ſçai que pour me voir l'épouſe de mon Roi,
La ſource de mon ſang n'eſt pas aſſez brillante;
Et j'aurois à rougir du nom de ſon Amante.

PHARAMOND.

Ah! ſortez au plutôt d'une fatale erreur;
Je prétens par mes ſoins m'aſſurer votre cœur,
Il peut faire lui ſeul mon bonheur véritable.
Si je puis obtenir un bien ſi deſirable
De toute ma grandeur je ſçaurai l'acheter,
Et la Couronne encor ne pourra m'acquitter.

ARMINIE.

Votre gloire, Seigneur, en ſeroit offenſée,
Et le bien de l'Etat m'en défend la penſée.
Adieu: votre repos me preſſe de partir.

PHARAMOND.

Non, non, cruelle, non je n'y puis conſentir,

Demeurez dans ma Cour, il y va de ma vie :
Votre Prince le veut, votre Amant vous en prie.

ARMINIE.

Pharamond malgré moi veut donc me retenir ?
Dans un jour où chacun s'empresse à le bénir,
Où le plus vil esclave obtient de sa puissance,
La liberté qu'il donne aux Sujets de la France,
Il me prive d'un bien dont il fait une loi,
Et le pere du Peuple est un tyran pour moi.

PHARAMOND.

Ingrate, pouvez-vous de ce nom que j'abhorre,
Pouvez-vous appeller un Roi qui vous adore !
Je ne vous retiens point en Maître impérieux,
Qui se sert contre vous d'un pouvoir odieux.
C'est en amant rempli de l'ardeur la plus vive,
Qui s'attache lui-même au char de sa captive.
Si j'arrête vos pas, c'est pour votre bonheur :
Est-ce un tourment pour vous de regner sur mon cœur ?
Vous ne sentirez point le poids de ma puissance;
Les bienfaits, les honneurs & la reconnoissance,
Sont les nœuds dont je veux vous lier à ma Cour.
Vous voir, est le seul prix qu'exige mon amour.
Vous ne pouvez me fuir, sans me faire un outrage;
Vivre auprès de son Roi, n'est pas un esclavage.
J'ai de la servitude affranchi mes Etats,
Pour faire des heureux, & non pas des ingrats.

Gardez-vous d'abuser des fruits de ma clémence ;
Et songez que je souffre avec impatience,
Qu'on s'arme contre moi de mes propres bienfaits,
Et qu'on m'ose punir des graces que je fais.
Une autre récompense est dûe à ma tendresse.
C'est vous en dire assez : pensez-y, je vous laisse.
Avant la fin du jour, je verrai si je doi
Me conduire en amant, ou commander en Roi.

(Il sort.)

SCENE VI.

ARMINIE, *seule.*

A Languir dans sa Cour me voilà condamnée,
Par son amour fatal je m'y vois enchaînée.
D'une autre cet amour feroit tout le bonheur,
Et de mon cœur fidele il comble la douleur.

SCENE VII.

MAXIME, ARMINIE.

MAXIME.

JE vous revois enfin, ô ma chere Arminie !
Et le destin me rend le seul bien que j'envie,

Au pouvoir des François sa rigueur m'a livré ;
Mais, puisque je vous parle, il a tout réparé :
J'attache à ce bonheur & ma vie & ma gloire,
Et si j'ai dans ces lieux souhaité la victoire,
C'étoit moins pour venger notre Empire jaloux,
Que pour y revenir plus digne encor de vous
Vous ne répondez rien à mon ardeur pressante,
Et je lis dans vos yeux une froideur glaçante.
Au malheur qui me suit sans doute je la dois,
Et Maxime vaincu n'a plus les mêmes droits.

ARMINIE.

Ah ! Seigneur, étouffez un soupçon qui m'offense,
C'est mon amour pour vous qui cause mon silence,
Le coup le plus cruel nous menace en ce jour,
Et va nous séparer peut-être sans retour.

MAXIME.

Quel obstacle s'oppose au nœud que je souhaite,
Quand tout sert mes desirs jusques à ma défaite,
Elle vient de porter votre Roi généreux,
A détruire des fers l'usage rigoureux.
De la captivité tous deux il nous délivre :
J'abandonne la Gaule, & vous pouvez me suivre.

ARMINIE.

Par de nouveaux liens mes pas sont retenus,
Et nos plus grands revers ne vous sont pas connus.

Ce Monarque ſi grand, que vous louez vous-même...
Dont je ſuis la Sujette...

MAXIME.

Eh-bien ?

ARMINIE.

Seigneur, il m'aime.
Et ce penchant fatal qui l'attache à mes pas,
M'ôte la liberté qui régne en ſes Etats.

MAXIME.

Pharamond mon rival ! ah ! ce nom dans mon ame
Allume ma colére, & révolte ma flâme.
Mon cœur, qui dans ſa Cour vous voit avec terreur,
Lui pardonne ſa gloire, & non pas ſon ardeur.
Vous êtes le ſeul bien où ma tendreſſe aſpire :
J'armerai pour ce bien tous les bras de l'Empire.
Fuïez, ſi vous m'aimez, fuïez de ce Palais ;
Epargnez à mes feux les plus cruels excès :
Je vois en frémiſſant le danger qui vous preſſe.

ARMINIE.

Vous voulez que je fuïe ; en ſuis-je la maitreſſe ?
Pharamond, malgré moi, m'arrête dans ſa Cour ;
Et rien n'abuſe un Prince éclairé par l'amour.

MAXIME.

Par ce fier Souverain vous m'êtes donc ravie ?
Non, il faudra plutôt qu'il m'arrache la vie.

Frappé de ses vertus, séduit par ses bienfaits,
J'allois porter César & les miens à la paix;
Mais le prix qu'il m'enleve, & que je lui dispute,
Entraînera ma perte, ou causera sa chûte.
La rage est mon seul guide, & mon bras furieux
Va reporter la flâme & le fer en ces lieux.
Je puis dans mon parti ramener la victoire:
J'ai des secours tous prêts aux rives de la Loire,
Je cours les rassembler, & je laisse dans Reims
La moitié des Gaulois, qui sont encor Romains.
Ils seront les premiers à m'en ouvrir les portes.
J'y reviendrai suivi de nos fieres cohortes,
Vous arracher des bras d'un rival odieux,
L'immoler sur son Trône, ou périr à vos yeux.

ARMINIE.

Ah! cruel, arrêtez, prenez-moi pour victime,
Plutôt que d'attaquer mon Prince légitime.
A ce noir attentat je préfere la mort,
Et ne reconnois plus Maxime à ce transport.
Il a par la vertu mérité mon estime,
Veut-il donc aujourd'hui la perdre par le crime?
Non, mon honneur blessé ne le souffrira pas;
Et, si contre mon Roi vous armiez votre bras,
Des horreurs qui suivroient une injuste querelle
Je me verrois, Seigneur, la cause criminelle;

Mon amour deviendroit funeste à nos Gaulois,
Et je rendrois mon nom exécrable aux François:
J'irois porter le fer au sein de ma Patrie,
Exposer de mon Prince & le sceptre & la vie,
Mes yeux verroient pour eux ravager ses Etats!
Que la terre plutôt s'entrouvre sous mes pas.
Il a brisé vos fers, & la reconnoissance
Vous défend, comme moi, d'écouter la vengeance.
Songez par ce moïen que vous perdrez mon cœur:
Il ne sera jamais le prix de la fureur.

MAXIME.

Mais pour vous posseder je n'ai que cette voïe,
Vous n'êtes plus à moi, si mon bras ne l'emploïe.
Si comme mon amour vos feux étoient ardens,
Ils auroient plus d'audace, & seroient moins prudens.
Le devoir prend sur vous un trop puissant empire,
Ou la grandeur plutôt a l'art de vous séduire;
Vos sens sont éblouis d'un éclat enchanteur,
Et suivent en secret les Drapeaux du Vainqueur.
Mais Maxime jaloux d'un si grand avantage,
Doit, pour l'en dépouiller, signaler son courage;
Et forçant la fortune à changer d'Etendards,
Le punir de sa gloire & de tous vos regards.

ARMINIE.

Pouvez-vous soupçonner ma tendresse fidelle,
Et faire à ma vertu cette injure mortelle?

Sçachez que ma foiblesse est de vous trop aimer ;
Et c'est la seule, ingrat, dont on peut me blâmer.
Votre seul interêt a reglé ma conduite ;
Et par l'éclat du Roy, loin que je sois séduite ;
Apprenez que ses soins ont fait couler mes pleurs ;
Et que j'ai mis ses feux au rang de mes malheurs.
J'ai refusé pour vous son cœur, son diadême ;
Et toute sa grandeur que vous croyez que j'aime.
Ma flame a dans ces murs de sa fidélité
Un garant sans reproche, un témoin respecté.
C'est Vindorix, Seigneur,

MAXIME.

Votre pere ?

ARMINIE.

Oui mon pere ;
Il a le sort propice autant qu'il l'eut contraire.
Il est de Pharamond le Ministre & l'appui,
Vous pouvez dans ces lieux tout espérer de lui ;
Il sçait qu'il tient de vous la clarté qu'il respire,
Moi-même de nos feux j'ai pris soin de l'instruire ;
A cet aveu pour vous, j'ai sçu forcer mon cœur ;
J'ai plus fait : à m'unir à son liberateur
J'ai porté sa tendresse & sa reconnoissance ;
Et renonçant pour vous aux droits de ma naissance
J'aurois suivi vos pas, si le Roy l'eût permis.
Cruel ! de tant d'amour vos fureurs sont le prix,

Vous ne me croyez pas ; mais je le vois paroître,
Et vous allez enfin apprendre à me connoître.

SCENE VIII.

ARMINIE, MAXIME, VINDORIX.

ARMINIE, *à Vindorix.*

SEigneur à vos bontez votre fille a recours,
Elle n'a plus d'espoir que dans votre secours.
Quand mon Roy me retient, Maxime me soupçonne;
A d'aveugles transports son ame s'abandonne.
Daignez à ses regards justifier mon cœur,
Détournez les effets d'une injuste fureur.
Vous sçavez à quel point son estime m'est chere ;
Et je puis l'avouer en présence d'un pere :
D'un retour mérité je ne dois point rougir,
Vous l'approuvez vous-même, & devez le régir.
C'est à des feux honteux, à des ardeurs coupables,
A craindre les regards des parens redoutables :
Mais une flâme juste, un amour vertueux
Les prend pour confidens, & se conduit par eux ;
Daignez regler, Seigneur, ma démarche timide ;
Soyez dans ce péril mon conseil & mon guide.

Pour quitter ce Palais & fuir mon Souverain ;
Vôtre secours peut seul me frayer un chemin :
Je ne puis desormais y demeurer sans crime ;
J'expose ma Patrie au courroux de Maxime.
Me séparer de vous, fait toute ma douleur ;
Mais ce regrêt mortel doit céder au malheur
De devenir ici le flambeau de la guerre,
Le fléau de la Gaule & l'horreur de la Terre.

VINDORIX.

Ta priere est trop juste, & je dois l'exaucer
Ta fuite est nécessaire, & je cours la presser.
A votre himen, Seigneur, je suis prêt de souscrire.
Quels que soient vos soupçons, ce mot doit les détruire.
Maxime obtient de moi par ses nobles bienfaits
Ce que par son pouvoir César n'auroit jamais.
Qu'il soit sûr de sa main, puisqu'il a la puissance
De me faire oublier la plus mortelle offense,
Et m'inspire l'amour que j'aurois pour un fils,
Au milieu de l'horreur que j'ai pour son Païs.

MAXIME.

Ce bien inesperé, cette gloire imprevûe
Est de toutes les honneurs le plus cher à ma vûe.
Seigneur, votre vertu qui fait vôtre splendeur,
Vous rend à mes regards plus grand que l'Empéreur.
Le Thrône n'est qu'un don de l'aveugle fortune,
Il n'éleve qu'aux yeux de la foule commune,

L'heroisme

L'heroïsme parfait a seul de si beaux droits ;
Et par là le grand homme est au-dessus des Rois.
Je viens par mes soupçons d'offenser Arminie,
Permettez qu'à ses pieds mon amour les expie.

VINDORIX *l'arrêtant.*

Ils prouvent votre flâme & vous sont pardonnés ;
Ces instans précieux doivent être donnés
Au soin plus important de dérober sa fuite ;
Mais aux yeux de la Cour cachons notre conduite ;
Rentrons ; Nos pas ici peuvent être éclairés.
Pour choisir des moyens aussi prompts qu'assurés,
Allons dans d'autres lieux cousulter la prudence.
Hâtons votre bonheur, & celui de la France ;
Je trompe les desirs d'un Prince généreux,
Mais je dois préferer sa grandeur à ses feux ;
Et l'on ne rougit point d'employer l'artifice ;
Quand l'honneur le commande, & qu'on suit la justice.

SCENE IX.

MAXIME *seul.*

REgne, heureux Pharamond ; & sois tout à la fois,
L'arbitre, le modele, & le vengeur des Rois :

Je ne ſuis point jaloux de ta grandeur nouvelle,
La gloire qu'on m'accorde eſt plus flatteuſe qu'elle.
Sûr d'être poſſeſſeur d'un bien ſi précieux,
Tout défait que je ſuis, je parts victorieux:
Je quitterois pour lui l'empire de la Terre,
Et ce prix de l'amour vaut tous ceux de la guerre.

Fin du troiſiéme Acte.

ACTE IV.

SCENE PREMIERE.

ARMINIE, AMBIOMER.

AMBIOMER.

Es secrets importans que vous m'avez appris
Je connois le danger, & je sens tout le prix.
Je ne trahirai point les vœux de votre pere,
Et sur tous vos desseins je jure de me taire.
Le repos de l'Etat, est pour Ambiomer,
L'interêt le plus fort, & l'honneur le plus cher.
Je sens que vous devez fuir loin de cette Ville,
Et que votre départ est un malheur utile.
Madame, je suis prêt à le favoriser,
Et pour le rendre sûr, je vais tout disposer.

Vous pouvez d'autant plus compter sur ma promesse,
Que je sers Pharamond en trompant sa tendresse.
Pour sa gloire, je dois vous prêter mon appui,
Il porte ici ses pas, je vous laisse avec lui.

SCENE II.

PHARAMOND, ARMINIE.

PHARAMOND.

EH! Bien dans vos desseins êtes-vous affermie;
Et vous déclarez-vous ma constante ennemie?

ARMINIE.

Pour vous rendre à l'Etat, tout m'ordonne de fuir;
Et mon cœur par respect doit vous desobéir.

PHARAMOND.

C'en est trop, mes regards percent votre conduite.
C'est une autre raison qui presse votre fuite.
Vous vous parez en vain d'un prétexte imposant;
Et pour abandonner votre bonheur présent,
Pour mépriser l'honneur d'enchaîner votre Prince,
Et préferer l'ennui d'une obscure Province,
A l'éclat d'une Cour, qui prévient vos souhaits;
Où Pharamond lui-même est un de vos sujets,

Où de nos rangs, l'amour rapprochant la distance,
Peut un jour vous placer au Trône de la France ;
Le repos de l'Etat, le soin de mon honneur,
Sont de foibles motifs, que rejette mon cœur ;
Votre sexe n'a point ces craintes politiques :
Ces frivoles respects, ces périls chimériques,
Sont un voile trompeur, qui ne sert qu'à couvrir
La secrette raison, qui vous oblige à fuir.
Elle fait le sujet de mon inquiétude.
Je ne puis demeurer dans cette incertitude ;
Pour dévoiler ici l'obscure vérité,
Je vous demande enfin, de la sincerité.
Pour ne me rien cacher, faites-vous violence ;
Je n'exige de vous que cette récompense.

ARMINIE.

Ah ! Seigneur, se peut-il que le plus grands des Rois,
Dont les hautes vertus égalent les exploits,
Et qui remplit les vœux . . . . .

PHARAMOND.

Quand je vous interroge,
Je veux de la franchise, & non pas un éloge.
Parlez, & sans détour, ouvrez-moi votre cœur.
Un autre n'a-t'il point prévenu mon ardeur ?

ARMINIE.

Puisqu'il faut vous répondre avec cette franchise,
Que votre ame demande, & ma gloire autorise,

Apprennez que mon cœur plus fort que les revers
S'est toujours conservé libre au milieu des fers;
Et qu'il ne reconnoît de maître, & de puissance,
Que l'honneur, le devoir, & la reconnoissance.
Il a le Ciel pour Juge, & sans m'humilier,
Ma conduite suffit pour me justifier.
Ce cœur ne s'est jamais nourri que de tristesse;
Mais quand même il seroit capable de foiblesse,
Le droit de le sçavoir ne vous est point acquis,
Il n'appartient qu'aux Dieux, d'en percer les replis.

PHARAMOND.

Vain détour, qui ne fait que révolter mon ame,
Et convaincre mes yeux de ta secrette flâme!

ARMINIE.

Seigneur, je n'aime point, & ce soupçon fatal....

PHARAMOND.

Ton trouble le confirme, & me nomme un Rival,
Qu'un autre avant ton Roy, t'ait sçû paroître aimable;
C'est un crime, du sort tu n'en es point coupable;
Mais quand ce même Roy, t'en demande l'aveu;
Que ton ame s'obstine à déguiser son feu,
C'est une trahison, qui part de ton audace,
Et qui devant ses yeux ne doit point trouver grace.
Un Guerrier de mon sang, & de ma Nation,
Aisément de l'amour ressent l'impression;

Mais si son cœur est prompt à se laisser séduire,
D'un sexe séducteur, il sçait borner l'empire.
Il veut en l'adorant n'être point méprisé,
Et redoute sur tout l'affront d'être abusé.
Quelque ardeur qui l'entraîne, il rougiroit dans l'ame
S'il étoit le jouet des détours d'une femme;
A triompher par tout, il est accoutumé,
S'il n'étoit prévenu, ton Roy seroit aimé.

ARMINIE.

A d'injustes aveux vous voulez me contraindre,
Vous me croïez coupable, & je ne suis qu'à plaindre.

SCENE III.

PHARAMOND, VINDORIX, ARMINIE

VINDORIX.

PRince, en votre faveur tout se déclare enfin.
La sœur de Gondebaud doit arriver demain,
Pour former l'union que la Gaule désire,
Un Envoïé, Seigneur, vient ici vous le dire:
Hâtez-vous de répondre à son empressement.

PHARAMOND.

Quel parti dois-je prendre en ce cruel moment?
Et pour mon cœur troublé quelle atteinte mortelle

ARMINIE.

Ne me retenez plus, Seigneur, cette nouvelle

Vous dit votre devoir, & presse mon départ.

PHARAMOND.

Cruelle, à ce devoir vous avez trop d'égard.

VINDORIX.

Pharamond, un moment peut-il être en balance;
Pour remplir un traité nécessaire à la France?
Aux transports de l'amour, peut-il s'abandonner,
Dans un jour solemnel, qui doit le couronner,
Et servir de modele au reste de sa vie?
Un Guerrier dont le bras fonde une Monarchie,
Peut-il être incertain, quand il faut l'affermir,
S'il doit suivre la gloire, ou croire un vain desir;
Et peser l'interêt d'une flâme frivole,
Avec l'honneur sacré de tenir sa parole.

PHARAMOND.

Quel est le joug cruel d'un rang trop éclatant!

VINDORIX.

L'Envoïé, par ma voix, vous presse en cet instant.

PHARAMOND.

Il faut à mes sujets, que je me sacrifie.
Je m'arrache à moi-même, en quittant Arminie;
Et c'est me préparer un éternel regret.

ARMINIE.

Ma présence retarde un si noble projet.

PHARAMOND.

Non, ne me quittez point dans mon trouble éfroïable;
Vous ne pouvez partir, sans vous rendre coupable.

VINDORIX.

Ne tardez plus, Seigneur, c'eſt trop vous arrêter.

PHARAMOND *ſortant.*

Quelle contrainte affreuſe, & qu'il va m'en couter!

SCENE IV.

ARMINIE *ſeule.*

POur ſortir de l'abîme, où le ſort ma conduite ;
Je ne vois que la mort, ou qu'une prompte fuite.
L'amour de Pharamond, eſt la terreur du mien.
Si je devois ſubir un ſecond entretien,
Je ne ſoutiendrois point cette attaque nouvelle,
Et je ſuccomberois à ma peine mortelle.
Il faudroit dans la gêne où l'on mettroit mon feu,
Expirer du ſilence, ou mourir de l'aveu.
Quel ſupplice pour moi, qui ſuis tendre & ſincere,
D'être réduite au point de manquer à mon pere !
D'expoſer mon amant, ou de tromper mon Roy,
De déguiſer mon ame, ou de trahir ma foy !

SCENE V.

VINDORIX, ARMINIE, MAXIME.

VINDORIX.

MA fille, à nos desseins le sort est favorable,
Ambiomer nous prête un appui secourable.
Tandis que Pharamond est ailleurs occupé,
Et que de ses regards je me suis échappé;
Il faut fuir de ces lieux, & le péril te presse:
Profite du loisir que ce Prince te laisse.
Cede au sort inflexible, & viens dans ces momens
Recévoir mes adieux, & mes embrassemens.

ARMINIE.

Hélas! je n'ai gouté dans mon destin contraire,
Qu'un instant, la douceur de recouvrer un pere;
Pour le perdre si-tôt, faut-il le retrouver!
Le jour qui me le rend, me force à m'en priver.

VINDORIX.

L'honneur du Roy le veut, ton repos le demande,
L'interêt de la Gaule enfin te le commande.
Mais je dois m'occuper d'un autre soin pour toi,
Et la nécessité m'en impose la loi.
Maxime, mon pouvoir l'un à l'autre vous lie.
Je vous remets le bien le plus cher de ma vie.

Qu'il m'acquite envers vous, du jour que je vous dois;
Et quand je vous préfere au Chef de nos Gaulois ;
Et que ses yeux vont voir une Terre ennemie,
Soïez-y son époux, son pere, & sa patrie.

MAXIME.

Oui devant vous, Seigneur, j'en atteste le Ciel,
Garant de ma parole & du nœud mutuel....

VINDORIX.

Il suffit, & j'en crois votre simple promesse.
Pour former un himen, & lier la tendresse,
Le commun des mortels a besoin de sermens,
Mais l'honneur entre nous fait les engagemens.
Quand je donne à ma fille un époux que j'estime,
Pour rendre cette chaîne auguste & légitime,
Mon seul aveu suffit avec leur volonté ;
Votre nom & le mien en font la seureté.
Je veux Maxime seul pour garant autentique ;
Vindorix pour Ministre, & pour témoin unique,
Ma fille & son amour pour lien solemnel ;
Vos vertus pour serment, & vos cœurs pour autel.

MAXIME.

Vous comblez mon bonheur ; & me rendez justice.

VINDORIX.

Hâtez-vous de saisir le seul moment propice.
Pour mieux tromper l'amour & les yeux d'un Rival,
Maxime, fuyez seul de ce Palais fatal. (*Maxime sort.*)

Et toi, ma fille; adieu : va joindre les captives
Qui doivent avec toi s'éloigner de ces rives :
Ton destin pour jamais t'appelle en d'autres lieux.

ARMINIE.

Mon pere recevez mes larmes pour adieux.

(Elle sort.)

SCENE VI.

VINDORIX *seul.*

POur la seconde fois, Grands Dieux ! je perds ma fille.
Je n'ai plus desormais que l'Etat pour famille :
J'immole la nature à son bien, à sa paix,
Qu'il fleurisse à ce prix, mes vœux sont satisfaits ;
Puisse l'ame du Roy n'être plus retenue....
Mais il vient & son trouble éclate dans sa vûe.

SCENE VII.

PHARAMOND, VINDORIX, UN GARDE.

PHARAMOND.

AH ! cruel Vindorix, j'ai trop crû tes conseils ;
Je n'ai jamais souffert des supplices pareils,

J'ai trop ſubi le joug d'une raiſon barbare.
Si mon cœur eſt heureux, qu'importe s'il s'égare.
Mon bonheur plus que tout doit m'être précieux.
Quoi, pour mon Peuple ſeul ai-je affranchi ces lieux?
Non, c'eſt un préjugé qu'il eſt tems que je brave;
Tout eſt libre par moi; ſerai-je ſeul eſclave?

VINDORIX.

Eh! ne l'êtes-vous pas d'une fatale ardeur?
S'il faut ſubir des fers, portez ceux de l'honneur,
D'un Roy digne de l'être ils ſont le vrai partage;
Et vous ne regnerez que par cet eſclavage;
Les liens de l'amour ſont faits pour avilir;
Rompez, rompez les ſeuls dont vous devez rougir;
Et ſoyez par l'effet d'une plus noble ivreſſe,
L'eſclave de la gloire, & non de la foibleſſe.

PHARAMOND.

Non, tu fais ſur mon cœur des efforts ſuperflus,
Dans l'excès de ſa flâme il ne ſe connoît plus;
L'amour peut faire ſeul le bonheur de ma vie,
Et pour me rendre heureux, je dois voir Arminie.
Qu'on aille l'avertir. (*à un Garde.*)

VINDORIX *à part.*

Dieux! quelle eſt ma terreur!

PHARAMOND *au Garde.*

Obéis, qu'attens-tu? vole; ſers mon ardeur.

LE GARDE.

Seigneur, de ses liens votre esclave affranchie,
A quitté ce Palais pour revoir sa patrie.

PHARAMOND.

Elle a fui de ces lieux sans l'ordre de son Roy?
Quelle audace! mon cœur n'est plus maître de soi.

VINDORIX.

Seigneur, c'est un départ, & non pas une fuite;
Vous devez pour vous-même approuver sa conduite,
Et c'est vous épargner . . . .

PHARAMOND.

Non, non, je suis bravé.
C'est un affront sanglant, il doit être lavé.
L'amour a préparé cette fuite hardie;
Je dois punir l'auteur de cette perfidie,
Et pour le découvrir, employer les moyens . . .

VINDORIX.

Efforcez-vous plûtôt de briser vos liens.

PHARAMOND.

Tout le sang abhorré d'un rival qui m'outrage,
A peine suffira pour éteindre ma rage;
Soldats, de toutes parts que l'on vole après eux,
Ma bouche, quel qu'il soit, fait un serment affreux,
D'exposer le coupable à toute ma justice,
Et d'effrayer ces lieux de son cruel supplice;

Je jure en même tems par mon pouvoir ſacré
Et par tout ce que l'homme a de plus réveré,
D'accorder à celui qui, découvrant le traître
Viendra me le livrer, ou le faire connoître,
La faveur qu'il voudra pour le prix d'un tel ſang.
Pharamond outragé, n'excepte que ſon rang ;
Et faiſant publier la peine avec la grace,
Il veut montrer à tous, pour étonner l'audace,
Qu'un Prince généreux que l'on oſe offenſer,
Eſt extrême à punir, comme à recompenſer.

Fin du quatriéme Acte.

ACTE V.

SCENE PREMIERE.

VINDORIX *seul.*

DIEUX ! la fureur du Prince à son comble est montée ;
Et par aucun pouvoir ; ne peut être domptée.
L'amour est pour les Rois le plus grand des fléaux ;
Et va faire peut-être un Tyran d'un Héros.
Par ses ordres cruels ma fille infortunée ;
Bien-tôt dans cette Cour va se voir ramenée.
Si pour surcroît d'horreur, Maxime est découvert....
Je pâlis à l'aspect de cet abîme ouvert.
Malheureux Vindorix ! à ce coup effroyable,
Reconnois l'ascendant d'un astre impitoyable.
Ta vie est destinée aux revers éclatans.
Voici l'heure où tu vas pleurer en même tems ;

La

La gloire de ton Roy qui se couvre de blâme,
Le malheur de ta fille exposée à sa flâme,
La mort de son époux, que l'aveugle fureur,
Va punir & traiter en lâche ravisseur;
Et le renversement peut-être de la France,
Qui va voir sa grandeur périr dans sa naissance.
Pernicieux amour, ce sont là de tes coups!
Et les Thrônes détruits sont tes jeux les plus doux.
Mon cœur impatient . . .

SCENE II.

VINDORIX, SEGESTE.

VINDORIX.

Ah! te voilà, Segeste?
Sur ton front abbatu je lis mon sort funeste:
Ramene-t'on ma fille? Eclairci mon effroi.

SEGESTE.

Oui, les Francs ont, Seigneur, trop bien servi leur Roy,
Par eux elle s'est vûe arrêtée en sa fuite.
Et devant Pharamond ils l'ont déja conduite.

VINDORIX.

Maxime est pris sans doute, & le sort déchaîné . . .

SEGESTE.

Il n'est point pris, Seigneur, ni même soupçonné,

Et ce Héros trompant la fortune jaloufe,
N'avoit point par bonheur joint encor fon époufe,
Quand on a fur fa trace envoïé des foldats,
Ni même aucun Romain n'accompagnoit fes pas.
Elle avoit feulement des Captives près d'elle :
Un Gaulois leur fervoit de Conducteur fidelle.
C'étoit d'Ambiomer un ferviteur zélé ;
Comme aux yeux des François il a paru troublé,
Ils l'ont chargé de fers & conduit comme un traître.
Sa prife a fait tomber les foupçons fur fon Maître.
Les jours d'Ambiomer, Seigneur, font en danger.
Dans d'obfcures prifons le Roy l'a fait plonger :
Il a votre fecret & celui d'Arminie,
Il peut le découvrir pour conferver fa vie.

VINDORIX.

Je n'ai point cette crainte après ce qu'il a fait :
Je tremble pour fes jours, & non pour mon fecret ;
Et plutôt qu'à la mort j'oppofe l'innocence,
Je ferai le premier à rompre le filence.
Pour la fauver, Segefte, & la juftifier,
Il faut ofer tout perdre & tout facrifier.
Au lieu de ce malheur, que ton ame redoute,
La vérité prendra peut-être une autre route,
Pour fe développer & fortir de la nuit ;
Et par la trahifon ce coup fera conduit.

Que ne découvre point l'avarice perfide!
Les regards pénétrans du délateur avide,
Excités par l'éclat du prix qu'on lui promet,
Sçauront percer le voile, & démêlant l'objet,
Qui doit fixer sur lui l'horreur de la tempête,
Acheter la fortune aux dépens de sa tête.
O Ciel! sauve Maxime, & détourne l'effet,
De l'horrible serment que Pharamond a fait,
Ou par ta volonté, s'il faut qu'il s'accomplisse,
Rempli-le sur moi seul, & je vole au supplice.

SEGESTE.

Seigneur, par un des miens secretement parti,
Déja de ces revers Maxime est averti.

SCENE III.

VINDORIX, ARMINIE, SEGESTE,

Gardes qui accompagnent Arminie.

VINDORIX.

Dieux! ma fille paroît... ô! trop malheureux pere!
Faut-il que le retour d'une fille si chere,
Mette aujourd'hui le comble à mes vives douleurs?
Je ne puis te revoir sans répandre des pleurs.

ARMINIE.

Mon malheur eſt affreux. Toute ſon étendue,
Seigneur, dans cet inſtant ne vous eſt pas connue.
C'eſt peu de me revoir captive en ce Palais,
Et de mon triſte époux ſéparée à jamais.
Pharamond veut forcer ma main infortunée,
D'allumer le flambeau d'un nouvel himenée.

VINDORIX.

Ah! Ciel!

ARMINIE.

Du Diadême il veut orner mon front;
Et pour moi cet honneur eſt le plus grand affront.
Je vois de toutes parts l'aſpect d'un précipice:
Si je parle, Seigneur, je vous livre au ſupplice:
Si je me tais, le Prince abſolu dans ſes vœux,
Va m'attacher à lui par un lien affreux.
Il aſſemble ſon peuple, & de ce nœud barbare,
Par ſon ordre déja l'appareil ſe prépare;
Il ne laiſſe à mon ame aucun retardement,
Pour me déterminer, je n'ai que ce moment.
Dans un ſi juſte effroi j'ai recours à mon pere.

VINDORIX.

Dans ce péril preſſant, Grands Dieux! que dois-je faire?

ARMINIE.

Détournez les apprêts d'un nœud fatal.

VINDORIX.

J'y cours.
J'empêcherai le crime aux dépens de mes jours.
(Il sort.)

SCENE IV.

ARMINIE, *seule.*

AUx dépens de ses jours! qu'est-ce donc qu'il projette?
Il porte dans mon ame une terreur secrette.
Peut-être qu'à la mort mon malheur le conduit.
Mais, Dieux! le Roy paroît, & son peuple le suit.

SCENE V.

PHARAMOND, ARMINIE, *Suite.*

PHARAMOND.

FRançois, j'ai dans ce jour satisfait à la gloire,
Et je veux que l'himen couronne ma victoire.
J'ai fait votre bonheur, & par ce doux lien,
Il est juste, à mon tour, que j'assure le mien.
Il dépend de l'objet que ma main vous présente,
Si mon bras est vainqueur, sa vûe est triomphante:

Elle doit attirer l'univers à ſes pieds.
Vous approuvez mon choix, puiſque vous la voïez.
Les cœurs en l'approchant la nomment Souveraine.
La valeur m'a fait Roy, la beauté l'a fait Reine.
A des peuples guerriers, je puis parler ainſi,
Et pour me rendre heureux je les aſſemble ici.
Quand je viens d'affranchir des Nations ſujettes,
Je demande à jouir des graces que j'ai faites :
Les cris de Gondebaud ne m'intimident pas,
J'aurai pour moi vos cœurs, vos armes, & mon bras.
Sur vos fronts ſatisfaits, je lis votre ſuffrage.
Venez, belle Arminie, acceptez leur hommage,
Et qu'un lien flatteur nous lie en ces inſtans.

ARMINIE.

Seigneur, je ſens le prix de ces nœuds éclatans,
Mais malgré mon reſpect & ma reconnoiſſance,
Jouir d'un tel honneur, n'eſt pas en ma puiſſance.

PHARAMOND.

Quel motif vous retient....

ARMINIE.

Le plus puiſſant de tous,
Et puiſqu'il faut le dire, un autre eſt mon époux.

PHARAMOND.

Un autre eſt ton époux ? Ah ! quelle perfidie !
Je ne laiſſerai point cet audace impunie.
Perfide Ambiomer !...

ARMENIE.

Non, un autre a ma foy.

PHARAMOND.

Quel qu'il soit, ne crois point qu'il fléchisse ton Roy,
Tremble, si de ses jours, je puis me rendre maître.

SCENE VI.

PHARAMOND, ARMINIE, MAXIME, *Suite.*

MAXIME.

Pharamond, je puis seul te le faire connoître,
Et vais te le livrer dans ce même moment;
Mais promets avant tout de remplir ton serment.

PHARAMOND.

A la face des miens je te le renouvelle.
Que mon nom soit flétri d'une tache éternelle,
Si m'offrant ce rival que je ne connois pas,
Tu n'en obtiens le prix que tu demanderas.
Périsse en même tems notre grandeur naissante,
S'il n'éprouve soudain la mort la plus sanglante.

MAXIME.

Tu n'as qu'à le punir, il est devant tes yeux.

PHARAMOND.

Maxime est mon rival!

MAXIME.

Oui, je le suis.

PHARAMOND.

Ah! Dieux!

MAXIME.

J'ai livré la victime, & j'attens le salaire.

PHARAMOND.

Parles sans balancer, je vais te satisfaire.
Je tiendrai ma parole avec fidélité.
Quel prix demandes-tu, réponds!

MAXIME, *montrant Arminie.*

Sa liberté.
Ne retiens plus ses pas, & fais périr Maxime.

PHARAMOND.

Dieux! toujours de mes dons, serai-je la victime?
Quand j'ai rompu tes fers de mes nobles bienfaits,
Perfide, voilà donc l'usage que tu fais?
C'est ainsi que par toi ma Captive est séduite;
Tu prends le nom d'époux pour colorer sa fuite;
Et sous un faux himen couvrant ton attentat,
Tu viens me l'enlever au sein de mon Etat.
Tu te pares en vain du masque de grand homme,
Tu n'as que les vertus d'un habitant de Rome.

MAXIME.

J'affranchis mon épouse, & j'en suis estimé;
Je mourrai glorieux, & tu vivras blâmé.
Par un heureux trépas illustre ma mémoire;
En ordonnant ma mort, tu prépares ma gloire.

PHARAMOND.

Tes voeux seront remplis. Soldats, exécutez
L'Arrêt qu'il me demande....

SCENE VII. ET DERNIERE.

PHARAMOND, VINDORIX, ARMINIE, MAXIME, *Suite.*

VINDORIX.

Ah ! Seigneur, arrêtez !
Vous allez vous couvrir du ſang de l'innocence,
Et flétrir votre nom par l'injuſte vengeance.
Non, Maxime n'eſt point un lâche raviſſeur.
Vous allez, en ſuivant une aveugle fureur,
Immoler un époux avoué par un pere.
C'eſt moi qui les ai joints d'un nœud que l'on révére.

PHARAMOND.

Qu'entens-je, Vindorix ?

VINDORIX.

Ils n'ont fait qu'obéir.
Je ſuis l'auteur de tout, c'eſt moi qu'il faut punir.

PHARAMOND.

Dieux ! c'eſt peu de me voir trompé par ce que j'aime,
Je ſuis encore trahi par Vindorix lui-même ;
Lui, qui dans mes devoirs m'a toujours affermi,
Mon guide, mon conſeil, & mon plus tendre ami.

Quand ta fille pouvoit partager sa puissance,
Qui t'as porté, cruel, à cacher sa naissance?

VINDORIX.

Votre gloire, Seigneur, le bien de vos sujets,
Mon devoir, son repos & l'amour de la paix.

PHARAMOND.

T'obligeoient-ils d'unir un Romain avec elle?

VINDORIX.

Mes jours qu'il a sauvés, leur ardeur mutuelle,
Ont exigé, Seigneur, ce grand effort de moi.
Votre propre péril m'en a fait une loi.
En éloignant l'objet d'une funeste flâme,
Je voulois épargner des combats à votre ame,
Et lui sauver sur-tout l'affront d'y succomber.
Aux yeux de vos sujets je voulois dérober
Le spectacle fatal où l'aveugle tendresse
Expose un Souverain, jouet de sa foiblesse:
Et jaloux des Traitez dont je suis le garant,
Vous forcer d'être juste en les accomplissant;
Faire voir qu'un Ministre ami de la droiture,
Doit toujours au devoir immoler la nature,
Et les cris de l'orgueil dont il est combattu,
A l'honneur d'affermir son Roy dans la vertu.
Je vous devois, Seigneur, cet aveu véritable,
Punissez Vindorix, s'il vous paroît coupable:

Il n'a pû de ſon cœur fléchir l'auſtérité,
Et ſa régle toujours fut l'exacte équité.

PHARAMOND.

Elle ſera la mienne, & ta vertu m'éclaire;
Ton exemple à ton Prince apprend ce qu'il doit faire.
Il auroit à rougir ſi quelqu'un aujourd'hui,
Se montroit dans ſa Cour plus généreux que lui.
Non, vous ne l'aurez pas ſurpaſſé l'un & l'autre,
Et ſon courage au moins doit égaler le vôtre.
Maxime, quel que ſoit le pouvoir de l'amour,
Pour ſuivre le devoir, je le dompte en ce jour.
Vis heureux, ton rival renonce à ce qu'il aime:
Le Vainqueur des Romains doit l'être de lui-même.

MAXIME.

Seigneur, un trait ſi grand me ravit, me confond,
Et Maxime eſt toujours vaincu par Pharamond.

PHARAMOND.

Qu'on tire Ambiomer d'une priſon injuſte.
* Toi, jouis deſormais du rang le plus auguſte;
Après ce qu'il a fait, un ſujet tel que toy,
Ne ſçauroit être aſſis aſſez près de ſon Roy.

VINDORIX.

Seigneur, dans ces momens j'aime à vous reconnoître,
Vous me rendez mon Prince enfin tel qu'il doit être.

* A Vindorix.

PHARAMOND.

Mon retour à la gloire eſt ton ouvrage heureux.
Un Miniſtre éclairé, prudent & vertueux,
Eſt du Ciel pour les Rois la faveur la plus chere;
Pour regner ſagement il leur eſt néceſſaire.
Dans la paix qu'il procure il met tout ſon éclat,
Fait la grandeur du Prince & le bien de l'Etat.

Fin du cinquéme & dernier Acte.

APPROBATION.

J'Ai lû par ordre de Monseigneur le Garde des Sceaux, *Pharamond*, Tragédie. A Paris ce 27 Septembre 1736.

LA SERRE.

PRIVILEGE DU ROY.

LOUIS par la grace de Dieu Roi de France & de Navarre, à nos amez & feaux Conseillers, les Gens tenans nos Cours de Parlement, Maîtres des Requêtes ordinaires de notre Hôtel, Grand Conseil, Prevôt de Paris, Baillifs, Sénéchaux, leurs Lieutenans Civils & autres nos Justiciers qu'il appartiendra, SALUT. Notre bien amé LAURENT-FRANÇOIS PRAULT fils, Libraire à Paris, Nous ayant fait supplier de lui accorder nos Lettres de Permission pour l'impression d'un Manuscrit qui a pour titre, *Pharamond Tragédie, par le Sieur de C****, offrant pour cet effet de le faire imprimer en bon papier & beaux caracteres, suivant la feuille imprimée & attachée pour modele sous le contre-scel des Présentes; Nous lui avons permis & permettons par ces Présentes, de faire imprimer ledit Livre cy-dessus spécifié, conjointement ou séparément, & autant de fois que bon lui semblera, & de le vendre, faire vendre & débiter par tout notre Royaume pendant le tems de trois années consecutives, à compter du jour de la date desdites Présentes: Faisons défenses à tous Libraires, Imprimeurs & autres personnes de quelque qualité & condition qu'elles soient, d'en introduire d'impression étrangere dans aucun lieu de notre obéissance; à la charge que ces Présentes seront enregistrées tout au long sur le Registre de la Communauté des Libraires & Imprimeurs de Paris dans trois mois de la date d'icelles; que l'impression de ce Livre sera faite dans notre Royaume & non ailleurs, & que l'Impétrant se conformera en tout aux Reglemens de la Librairie, & notamment à celui du dix Avril 1725. & qu'avant que de l'exposer en vente, le Manuscrit ou Imprimé qui aura servi de copie à l'impression dudit Livre, sera remis dans le même état où l'Approbation y aura été donnée, ès mains de notre très-cher & feal le Sieur Chauvelin, Chevalier, Garde des Sceaux de France, Commandeur de nos Ordres ; & qu'il en sera ensuite remis deux Exemplaires dans notre Bibliotheque publique, un dans celle de notre Château du Louvre, & un dans celle de notre très-cher & feal Chevalier Garde des Sceaux de France le Sieur Chauvelin, Commandeur de nos Ordres ; le tout à peine de nullité des Présentes : Du contenu desquelles vous mandons & enjoignons de faire jouir l'Exposant ou ses ayans cause pleinement & paisiblement, sans souffrir qu'il leur soit fait aucun trouble ou empêchement. Voulons qu'à la copie desdites Présentes, qui sera imprimée tout au long au commencement ou à la fin dudit Livre, foi soit ajoutée comme à l'original. Commandons au premier notre Huissier ou Sergent de faire pour l'exécution d'icelles tous actes requis & nécessaires, sans demander autre permission, & nonobstant clameur de Haro, Charte Normande & Lettres à ce contraires ; Car tel est notre plaisir. Donné à Versailles le deuxiéme jour d'Octobre l'an de grace mil sept cens trente-six, & de notre Regne le vingt-deux. Par le Roy en son Conseil.

SAINSON.

Registré sur le Registre IX. de la Chambre Royale & Syndicale des Libraires & Imprimeurs de Paris, N. 363. fol. 314. conformément aux anciens Réglemens, confirmés par celui du 25 Février 1723. A Paris ce 13 Octobre 1736.

G. MARTIN, *Syndic.*

www.ingramcontent.com/pod-product-compliance
Ingram Content Group UK Ltd.
Pitfield, Milton Keynes, MK11 3LW, UK
UKHW021201220726
13924UKWH00003B/1265